26 Février 1898

V

VENTE DU SAMEDI 26 FÉVRIER 1898

HOTEL DROUOT, SALLE N° 7

à deux heures

OBJETS DE CURIOSITÉ

ET

D'AMEUBLEMENT

FAIENCES ET PORCELAINES

Objets variés, Miniatures, Tableaux, Gravures

BRONZES, ARMES, HORLOGES

MEUBLES

TAPISSERIE, ÉTOFFES

. Appartenant en majeure partie à M. X.

EXPOSITION PUBLIQUE

LE VENDREDI 25 FÉVRIER 1898

DE 1 HEURE 1/2 A 5 HEURES 1/2

<table>
<tr><td>COMMISSAIRE-PRISEUR</td><td>EXPERTS</td></tr>
<tr><td>Me PAUL CHEVALLIER</td><td>MM. MANNHEIM</td></tr>
<tr><td>10, rue Grange-Batelière, 10</td><td>7, rue Saint-Georges, 7</td></tr>
</table>

HONOR
ADD
NATVRÆ
IMPRIMERIE DE L'ART.

CONDITIONS DE LA VENTE

Elle sera faite au comptant.

Les acquéreurs paieront *cinq pour cent* en sus des adjudications.

L'exposition mettant le public à même de se rendre compte de l'état et de la nature des objets, il ne sera admis aucune réclamation une fois l'adjudication prononcée.

Paris. — Imp. de l'Art, E. Moreau et Cⁱᵉ, 41, rue de la Victoire.

DÉSIGNATION DES OBJETS

OBJETS APPARTENANT A M. X.

FAIENCES ET PORCELAINES

1 — Bassin, décor polychrome à la tulipe. Rouen.

2 — Plaque : Vénus et l'Amour. Castelli. Encadrée.

3 — Sept pièces : légumier avec couvercle, deux plats, deux assiettes à fleurs, deux assiettes au chinois. Strasbourg.

4 — Plat à barbe, décor de fleurs. Faïence.

5 — Trois pièces : plat et deux assiettes, décor bleu et armoiries. Moustiers.

6 — Deux plats : l'un, décor bleu et rouille ; l'autre, décor bleu : corbeille. Rouen.

7 — Fontaine-applique, à fond bleu soufflé. Faïence française.

8 — Deux groupes, faïence : Vierge et Enfant-Jésus.

9 — Deux oiseaux, faïence.

10 — Deux plats variés, décor bleu ; fleurs. Chine.

11 — Trois pièces : bol, fleurs, Chine, et deux soucoupes, fleurs et quadrillés. Indes.

12 — Pot à eau, porcelaine : musiciens.

13 — Tasse droite et sa soucoupe, décor de fleurs. Porcelaine à la Reine.

14 — Tasse avec couvercle et soucoupe, genre Saxe, fond bleu.

15 — Deux tasses droites avec soucoupes, fond rose, porcelaine. Époque Restauration.

16 — Petite bouteille, fleurs ; porcelaine de Saxe.

17 — Deux boîtes, porcelaine : lion et sujet galant.

18 — Deux vases en porcelaine, à fond vert.

19 — Deux cache-pots, porcelaine.

20 — Veilleuse en porcelaine.

21 — Boîte en porcelaine simulant un coquillage.

22 — Grand vase avec couvercle, Satzuma.

23 — Trois panneaux en céramique.

24 à 26 — Environ cinquante-huit pièces, faïence et porcelaine variées : cafetière, pot à lait, plat à barbe, assiettes, seau, cornet de pharmacie, lion, jardinières-appliques, petits vases, porte-huilier, bassins, plats, lampe, de style antique, etc.

OBJETS DIVERS

27 — Plaque en émail peint de Limoges. xvie siècle : Pieta. Encadrée.

28 — Plaque en émail peint de Limoges, xvie siècle : le Christ couronné d'épines. Encadrée.

29 — Assiette en émail peint : Bacchus.

30 — Plateau en argent, à décor de rinceaux. Espagne. xviiie siècle.

31 — Deux boucles de souliers en argent Louis XVI.

32 — Quatre pièces en verre : chandelier, flacon, canne, fragment aux armes d'un pape.

33 — Baromètre dans un cadre Louis XVI en bois doré, fronton d'attributs de l'Amour.

34 — Cadre Louis XIII en bois doré et glace.

35 — Petit cadre en bois doré, à feuillages.

36 — Deux petits cadres, bois doré.

37 — Cadre en bois sculpté, à feuillages.

38 — Deux pendentifs Louis XIII en bois doré, à têtes de chérubin.

39 — Mascaron en bois sculpté Louis XIII.

40 — Frise en bois sculpté, raisin.

41 — Devant de coffre en bois sculpté, feuillages.

42 — Panneau en incrustations de bois de couleurs : la Vierge.

43 — Violon.

44 — Porte-feuilles en maroquin rouge doré. XVIIIe siècle.

45 — Croix sur fond de perles de verre.

46 — Bassinoire en cuivre.

47 — Quatre planches de graveur en cuivre.

48 — Deux éventails, nacre et os.

49 — Presse-papier, mosaïque romaine.

50 — Rocher en pierre de lard. Chine.

51 — Rouet.

52 — Boîte plaquée de nacre.

53 — Boîte longue persane, décorée au vernis.

54-55 — Environ vingt pièces : petite chaise, trois plaques de shakos, frise, cuivre, croix émaillée, plat émaillé, chapelet, figurine en ivoire dans une boîte en verre, deux petits médaillons ronds, cuivre émaillé; petite plaque, mosaïque de Florence, petit émail, buste de femme daté 1796, instrument faisant miroir à facettes et six figurines, bois et céramique.

MINIATURES, TABLEAUX, GRAVURES

56 à 58 — Six médaillons ovales peints : Portraits d'hommes, XVIIe siècle, dont cinq encadrés et le sixième dans un écrin en chagrin.

59 — Petit médaillon ovale peint sur cuivre : Portrait de femme en costume Louis XIII. Encadré.

60 — Médaillon ovale peint sur cuivre : Portrait présumé de Henriette Mancini, une des nièces de Mazarin. Encadré.

61 — Petit portrait d'homme peint sur cuivre. Cadre en bois doré.

62 — Deux miniatures : Portraits de femmes. Encadrées. Époque de Louis-Philippe.

63 — Petite miniature : Portrait d'homme en costume militaire. Commencement du XIXe siècle. Encadrée.

64 — Miniature : Portrait de femme en corsage bleu. Encadrée.

65 — Deux miniatures, l'une ronde : Portrait de femme en costume Louis XVI, et l'autre ovale : Buste de femme Louis XV.

66 — Deux miniatures, l'une ovale : Portrait d'homme ; l'autre ronde : Portrait de femme.

67 — Miniature carrée sur ivoire : Loth et ses filles.

68 — Petit dessin de forme rectangulaire : Sujet galant. XVIIIe siècle. Encadré.

69 — Six boutons d'habit Louis XVI ornés de miniatures.

70 — Boîte décorée au vernis, ornée d'une miniature Louis XVI.

71 — Trois petits panneaux : deux décorés au vernis : les époux, buste d'homme, et l'autre présentant un buste de femme.

72 — Six pièces : petite gravure ronde : Portrait d'homme, encadrée ; petit fixé : Paysage ; boîtier de montre, décoré au vernis et trois petits émaux : Sujet galant, buste d'homme, Vénus et l'Amour.

73 — HUTIN (CHARLES). Cour de ferme.

74 — Paysage par la neige. Daté 1818. Toile. Encadré.

75 — Sujet militaire. Toile.

76 — Fleurs. Toile. Cadre ancien en bois doré.

77 — Deux plaques peintes espagnoles, à sujets saints.

78 — Quatre dessus de portes variés peints sur toile.

79-80 — Plusieurs tableaux : Fruits, Paysages, Moutons, Vierge et Enfant, Bataille, Crucifixion, Portement de croix, Paysans à table, Paysans, Berger, etc.

81 — Fixé : la Famille de Louis-Philippe.

82 — Quatre aquarelles : Paysages.

83 — Aquarelle : Vieillard auprès du feu.

84 — Dessin : Personnages se reposant dans la campagne. Cadre en bois.

85 — Cinq dessins : Buste de Napoléon Ier, deux paysages, Buveur, Portrait du duc d'Orléans.

86-87 — Plusieurs gravures : pièce en couleur, la Vierge, deux pièces, d'après Boucher, le Roi de Rome, suite de portraits d'acteurs, Image de sainteté, deux sujets allégoriques, etc.

BRONZES, FERS, ARMES

88 — Deux paires de flambeaux, bronze.

89 — Deux flambeaux-colonnettes variés, bronze.

90 — Quatre pièces : deux flambeaux à broche et deux vases provenant de chenets, bronze.

91 — Deux chenets-boules en cuivre.

92 — Galerie de foyer en bronze.

93 — Caniche en bronze.

94 — Trois pièces, bronze : langouste, crapaud et chien couché.

95 — Trois pièces, bronze : Femme assise, Petit danseur et Figurine d'amour.

96 — Petite balance dans sa boîte.

97 — Huit pièces : deux porte-montre, étrier, mouvement d'horloge, baiser de paix, réveil, petite pendule, cuivre ; chandelier, étain.

98 — Lot de bronzes pour meubles.

99 — Deux médaillons en bronze : Henri IV et Sully.

100 —· Deux brûle-parfums surmontés de chimères en bronze de la Chine.

101 — Deux verrous variés en fer.

102 — Deux pièces : balance romaine et escarcelle en cuir et fer.

103 — Treize clés variées.

104 — Quatre pièces : serrure, heurtoir, plaque de serrure et fragment, fer.

105 — Épée Régence, à poignée d'argent ajouré à quadrillés.

106 — Deux pièces : casque en fer et bicorne.

107 — Morion en fer.

108 — Paire de pistolets à silex.

109 — Paire de pistolets à piston.

110 — Deux petits pistolets à silex.

111 — Treize épées variées.

112 — Fragment d'esponton en cuivre.

113 — Sabre.

114 — Esclavone.

115 — Pique.

MEUBLES

116 — Meuble en bois sculpté, à deux portes et deux tiroirs, à panneaux de l'époque gothique, à fenestrages et serviettes repliées.

117 — Commode Louis XV en acajou, à trois rangs de tiroirs; garnitures de cuivre; dessus de marbre gris veiné.

118 — Lit Louis XV en bois sculpté.

119 — Petite console Louis XVI en bois sculpté et doré, à deux pieds-colonnettes reliés par une traverse ornée d'un vase; dessus de marbre ranz.

120 — Petite glace dans un cadre en bois doré et peint Louis XVI.

121 — Petit meuble Renaissance à une porte en bois sculpté, à pilastres et mufle de lion.

122 — Petit meuble Renaissance en bois sculpté, à rinceaux, mascarons et colonnettes; il ferme à deux portes; pieds balustres.

123 — Petit cabinet Louis XIII en ébène guilloché et gravé, à deux portes et sur pieds carrés ; intérieur en incrustations de bois de couleurs et d'os.

124 — Table en noyer, à pieds tors reliés par un croisillon.

125 — Petite commode de poupée Louis XVI.

126 — Horloge à gaine en bois sculpté, cadran en bronze aux armes de France. XVIIe siècle.

TAPISSERIES, ÉTOFFES

127 — Tapisserie Louis XIV : Sujet tiré de l'histoire d'Alexandre ; bordures de fleurs en bas, de colonnes torses sur les côtés. — Haut., 3 m. 60 cent.; larg., 3 m. 20 cent.

128 — Panneau de tapisserie-verdure.

129 — Chape en soie brochée Louis XIII.

130 — Chape en satin vert broché Louis XIV.

131 — Cinq panneaux Louis XVI en satin rayé.

132 — Panneau en ancien lampas, à fond blanc.

133 — Sept fragments d'étoffe et galon.

134 — Deux portières brodées sur canevas.

135 — Tableau en étoffe : Sujet saint.

136 à 138 — Trois tapis d'Aubusson.

OBJETS

APPARTENANT A DIVERS

---

139 — Quatre pièces, céramique : soupière avec couvercle, petite jardinière, décor bleu, écuelle et flacon japonais.

140 — Sonnette en bronze doré, ornée d'un buste de Napoléon Ier.

141 — Trois pièces : deux gravures, *Grétry* et *Boccherini*, et peinture : personnages en costumes Louis XIV dans un jardin. Encadrées.

142 — Statuette en bois sculpté : Saint personnage debout en costume de prélat. XVIIe siècle.

143 — Groupe en bois sculpté : la Vierge debout tenant l'Enfant-Jésus. XVIe siècle.

144 — Trois pièces, bois sculpté : statuette de saint personnage debout, statuette de sainte Barbe, groupe composé de sainte Anne, la Vierge et l'Enfant Jésus.

145 — Deux guirlandes en bois sculpté.

146 — Encrier en bronze, décoré d'un mascaron. Style Louis XIV.

147 — Paire de candélabres, à six lumières, en marbre noir et bronze, à patine brune; décor de feuillages et têtes de chevaux.

148 — Cartel en bronze : mascaron, feuillages et vases. Style Louis XVI.

149 — Bassinoire en cuivre.

150 — Six pièces : cinq plats et une soupière, étain.

151 — Secrétaire Louis XVI, à abattant, portes et tiroir en bois de placage, à quadrillés; dessus de marbre.

152 — Grande horloge en bois sculpté, ornée de rinceaux. XVIIIe siècle.

153 — Horloge en bois sculpté, ornée de fleurs. XVIIIe siècle.

154 — Horloge en bois sculpté, à décor régulier. XVIIIe siècle.

155 — Horloge en bois sculpté, à décor de palmettes. XVIIIe siècle.

156 — Horloge en bois sculpté, à décor de feuillages. XVIIIe siècle.

157 — Deux sièges d'antichambre en bois sculpté, à mascarons, guirlandes et pieds griffes.